$L \overset{3}{m} . 132.$

# TABLEAU

## Historique et Généalogique

DE LA

## Maison de Bourbon,

DEPUIS SON ORIGINE JUSQU'À NOS JOURS.

Suivi de l'État actuel des diverses Branches de cette illustre MAISON.

AVIGNON,

Chez Fr. SEGUIN aîné, Imprimeur-Libraire.

Juin 1816.

# PRÉFACE.

CE Tableau est extrait d'un plus grand ouvrage manuscrit qui en renferme les developpemens et les preuves. Il y a plusieurs années que ce sujet m'a paru, sous beaucoup de rapports, devoir fixer mon attention. Élevé à l'École Royale Militaire, Officier au Régiment du Roi, infanterie, décoré par Sa Majesté elle-même, alors Grand-Maître de l'ordre de Saint-Lazare, dans la chapelle de Versailles, des ordres royaux et militaires de Saint-Lazare et de Notre-Dame du Mont-Carmel, recevant une pension sur la cassette du Roi et une autre sur celle de Mesdames de France, dans un tems où j'étais absolument sans fortune, il était naturel que je m'occupasse de l'histoire d'une MAISON qui m'avait comblé de bienfaits. Je n'ai jamais cessé de le faire même dans un tems où j'étais assez heureux pour qu'il y eût quelque mérite à conserver ces souvenirs. A Rome, en 1813, je présentai au jeune Roi d'Etrurie une Vie de Charles III son bisaïeul, qui avait conquis le royaume de Naples et succédé au trône d'Espagne. Je suis parvenu, après de longues recherches, à prouver, d'une manière aussi plausible que le permet l'obscurité de notre histoire dans ces tems reculés, que les Gaules conquises par les Romains, subjuguées ensuite par les Francs, qui sont parvenus à changer jusqu'à leur nom, ont recouvré sous la seconde et la troisième race de nos Rois l'avantage d'être gouvernés par une famille purement Française. Cette famille, dont le nom est FERRÉOL, se distingua par son attachement à la religion-chrétienne, à cette religion bienfaisante qui a épuré nos mœurs, et qui nous donne de si grandes espérances. Ce fut par son zèle pour cette religion qu'elle parvint sous Constantin aux premières charges de l'Empire, et qu'ensuite elle s'éleva jusque sur le trône lorsque les descendans de Clovis, en morcelant leurs Etats et en abandonnant les rênes du Gouvernement aux Maires du Palais, eurent en quelque sorte laissé le trône vacant. Cette opinion n'est pas entièrement nouvelle ; mais je me la suis appropriée par de nouveaux rapprochemens qui rendront peut-être un jour mon travail digne d'être publié. Mon empressement d'en offrir ce court extrait à une PRINCESSE qui est elle-même née dans cette Maison, et qui vient s'y rattacher encore par une union de laquelle la France attend son bonheur, me le fait publier avec une telle précipitation que je suis obligé de solliciter son indulgence et celle de mes lecteurs. Trop heureux s'il engage les augustes Princes qui y sont nommés, et les savans qui ont aussi fait des recherches sur le même objet, à m'encourager par leurs suffrages et à m'éclairer de leurs lumières.

Avignon, 4 Juin 1816.

*Le C.ᵉ de Fortia d'Urban.*

# TABLEAU

## HISTORIQUE ET GÉNÉALOGIQUE

### DE LA

## MAISON DE BOURBON.

———

Dans un tems où la Maison de Bourbon vient de recouvrer son ancienne puissance, où remontant simultanément sur plusieurs trônes elle rend à la légitimité cet empire sacré qui n'aurait jamais dû lui échapper, on ne verra certainement pas sans intérêt son Tableau généalogique remontant jusqu'aux siècles les plus reculés où l'histoire de France puisse nous faire atteindre, et détaillant en

suite la descendance de toutes les Branches
cadettes et légitimées encore existantes ou très-
récemment éteintes.

Jusqu'à Saint Louis, qui est sa véritable origine, je me contenterai d'indiquer les ancêtres desquels toutes ces branches sont sorties,
réservant quelques détails pour le moment où
j'entrerai véritablement en matière.

Par une singularité très-remarquable, c'est
avec la religion chrétienne qu'est née en France
cette illustre famille, puisque le grec Saint
Irénée est regardé comme celui qui la porta
dans les Gaules l'an 157 de notre ère, et que
l'un de ses disciples fut Saint Ferréol, prêtre
martirisé sous l'empereur Caracalla l'an 211,
dans la ville de Besançon. Ce nom de Ferréol se retrouve bientôt après, et toujours dans
l'histoire du christianisme, à Vienne, autre
ville des Gaules, où un tribun ainsi appelé
fut aussi martirisé l'an 304. Celui-ci peut avoir
été le bisaïeul d'un préfet des Gaules qui
forme le premier dégré de la généalogie de la
Maison de Bourbon. On ne sera pas surpris
de voir ceux qui avaient été persécutés et mar-
tirisés sous les empereurs païens devenir pré-
fets sous les empereurs chrétiens. Leurs an-
ciennes souffrances ou celles de leurs ancêtres

étaient devenues des titres de gloire et leur acquéraient des droits aux honneurs et aux dignités.

I. FERRÉOL I.ᵉʳ, préfet des Gaules, était né vers l'an 384. Il exerça cette charge avec une fermeté et une sagesse qui rendirent son autorité imposante et son nom respectable. Papianille, son épouse, était petite-fille d'Afranius Siagrius, originaire de Lion, qui avait été consul avec Antoine l'an 382. Le poëte Sidoine Apollinaire nous représente cette femme comme douée d'une rare vertu et la gloire de son sexe.

II. TONANCE-FERRÉOL I, et II comme Ferréol, fut préfet des Gaules comme son père, sous l'empereur Valentinien. Il effaça la gloire de ses ancêtres, ou plutôt il l'augmenta. Son administration fut signalée par la sagesse de ses vues, par l'ascendant de son génie, et par sa bienfaisance. Il mit Aëtius en état de délivrer les Gaules d'un déluge de barbares conduits par le féroce Attila, et son éloquence suffit pour faire lever le siége que Thorismond, roi des Visigots, avait mis devant Arles. On vante beaucoup sa bibliothèque et sa maison de campagne appelée Prusiane. M. l'abbé Teissier prouve fort bien que cette maison était située dans le voisinage d'Alais.

III. Tonancé-Ferréol II, et III comme Ferréol, fils du précédent, nous est montré par Sidoine Apollinaire en 478, comme distingué par son esprit et son amour pour les lettres, quoique encore dans la première jeunesse.

IV. Ansbert était fils du précédent. Dominici, historiographe de France, écrivait en latin en 1648, par ordre du chancelier Seguier, pour justifier la descendance de Ferréol, attaquée par les écrivains espagnols, jaloux de la gloire de la Maison de France; cependant ces quatre premières générations ont été omises par les auteurs de l'Art de vérifier les dates, où toutes les générations suivantes sont admises comme authentiques.

V. Saint Arnoul, mari de Doda, était noble parmi les Francs, et très riche de patrimoine. Il mourut l'an 640, évêque de Metz et gouverneur des six maisons royales qui étaient dans les six provinces du royaume d'Austrasie, sous Théodebert II.

VI. Ansegise, fils de Saint Arnoul, fut domestique de Sigebert II, dit le jeune, roi d'Austrasie, après son frère aîné Clodulfe. Il épousa Begge, fille de Saint Pepin, dit le vieux, et de Landen, maire du palais d'Austrasie. Il fut tué à la chasse par Godyin l'an 679.

VII. PEPIN duc et prince des Français, surnommé le Gros et de Héristel, fit mourir le meur-
trier de son père. Il fut d'abord vaincu et mis
en fuite par Ebroïn, maire du palais, l'an 681 ;
mais il défit à son tour l'armée de Thierri I,
roi de France, au combat de Tertri, l'an 687,
et s'empara du gouvernement de l'État cette
même année en qualité de maire du palais.
Il vainquit Ratbod, duc des Frisons, l'an 707,
et rendit la France tributaire ; remporta deux
victoires signalées sur les Allemands, et mourut d'une fièvre au château de Jupil, sur la
Meuse, au dessous de Liège, le 16 décembre
de l'an 714, après avoir gouverné la France
vingt-sept ans et demi. D'Alpaïde, sa seconde
femme, il eut deux fils.

VIII. 1.° CHARLES MARTEL, né vers l'an 686,
fut élévé par Begge, son aïeule. Après la
mort de son père, Plectrude sa belle-mère,
première femme de Pepin le gros, le fit mettre
en prison à Cologne ; mais il trouva bientôt
le moyen de s'en échapper, dès l'an 715. Il
combattit et vainquit Rainfroi, maire du palais
du roi Chilpéric II, à la journée de Vinci près
Cambrai, le dimanche de la Passion 21 mars
de l'an 717, et le défit encore au combat de
Soissons l'an 718. Il s'empara du gouverne-

ment de la France, triompha trois fois des
Saxons, réduisit sous son obeissance les Ba-
varois et l'Aquitaine l'an 728, et tailla en
pièces l'armée des Sarrazins forte de quatre-
vingt-mille hommes, et commandée par leur
roi Abdérame, sur les confins du Poitou et de
la Touraine, l'an 732. Il se rendit maître de
la Bourgogne jusqu'à Arles et Marseille, où il
mit des gouverneurs l'an 733, ainsi qu'à Lion;
il se saisit de Bordeaux et autres places fortes
après la mort d'Eudes, duc d'Aquitaine, l'an
735, subjugua les Frisons, et reprit Avignon
sur les Sarrazins qui s'en étaient emparés, ainsi
que la Gothie, l'an 737. Il entra dans le bas
Languedoc, prit Nîmes, Agde et Béziers, assié-
gea Narbonne, défit l'armée du roi Amorma-
cha sur la rivière de Berre en la vallée de Cor-
bière, et en retourna victorieux; mais étant
tombé malade à Verberie, il mourut au château de Créssi-sur-Oise à trois lieues au dessous
de Noyon, le 22 octobre 741, après avoir gouverné la France vingt-quatre ans non accomplis depuis la journée de Vinci. Cet homme
célèbre fut enterré avec pompe à l'abbaye de
Saint Denis en France. Il avait épousé Rotrude
qui le rendit père de Pepin, roi de France,
et aïeul de Charlemagne. C'est donc de lui

que descend la seconde race de nos Rois ;
connue sous le nom de race des Carlovingiens.

Il en résulte que nos deux dernières races,
ayant la même origine , n'en font réelle-
ment qu'une.

2.º CHILDEBRAND I, frère de père et de mère
de Charles Martel, fut la tige des comtes de
Matrie , desquels descend notre troisième race
qui est celle des Capétiens, ainsi qu'on va
le voir. C'est la seule descendance que je rap-
porterai ici. Celle de Charles Martel est bien
connue.

IX. NÉBELONG I , fils de Childebrand, ainsi
que nous l'apprend Frédégaire.

X. 1.º THÉOTBERT , fils de Nébelong, continua la race des comtes de Matrie.

2.º CHILDEBRAND II, frère de Théotbert,
vivait vers 832. Il eut une postérité nombreuse
de Nonne, comtesse d'Auvergne. De lui des-
cendaient Bozon, roi de Provence, Louis l'a-
veugle, empereur, et Raoul , roi de France.

XI. ROBERT, fils de Théotbert, fut surnommé
le Fort, à cause de sa valeur qui lui fit donner la commission de défendre les bords de
la Loire contre les Normands. Le gouvernement de l'Anjou lui fut confié l'an 864 , ce qui le
fit appeler l'Angevin. Il fut tué à la bataille de

Brisserte , l'an 866. Il avait épousé Agane ou Adelaïde , veuve de Conrad , comte de Paris , dont il eut :

XII. 1.° Robert I, roi de France en 922.

2.° Hugues l'abbé , mort avant 878.

3.° Eudes , roi de France , mort en 898 , et père d'Arnoul , roi d'Aquitaine , mort sans postérité.

XIII. 1.° Hugues, fils de Robert, duc de France, fut surnommè le Grand et le Blano.

2.° Emme , mariée à Raoul , roi de France.

XIV. Hugues Capet , fils de Hugues le Grand, fut élu roi de France , et mourut en 966. Il est trop connu ainsi que ses descendans , rois de France , pour que je croie nécessaire de donner sur eux de grands détails.

XV. Robert II, roi de France , mort en 1031.

XVI. Henri I, roi de France , mort en 1060.

XVII. Philippe I, roi de France, mort en 1108.

XVIII. Louis VI, roi de France , surnommé le Gros, mourut à Paris le premier août 1137.

XIX. Louis VII, roi de France , surnommé le Jeune , mourut de paralisie à Paris , le jeudi 18 décembre 1180.

XX. Philippe II, roi de France, connu sous le nom de Philippe Auguste , mourut à Mantes le 14 juillet 1223.

XXI. Louis VIII, roi de France, surnommé le Lion, mourut au château de Montpensier en Auvergne, le dimanche 8 novembre 1226.

XXII. Louis IX, roi de France, né le 25 avril 1215 à Poissi, fut qualifié Saint de son vivant, et mourut, le 25 août 1270, dans son camp devant Tunis en Afrique. Il réunit à la couronne le comté de Clermont en Beauvoisis, l'an 1250, après Gaucher de Chatillon et Jeanne de Clermont, qui moururent tous deux cette année. Il le donna à Robert, son sixième fils, tige de la Maison de Bourbon proprement dite, de laquelle je vais faire un article séparé. Louis IX fut canonisé, le 11 août 1297, par le pape Boniface VIII.

XXIII. 1.° Philippe-le-Hardi, fils aîné de Saint Louis, continua la succession des rois de France jusqu'à Henri III. Je crois inutile ici de donner leur généalogie, mon objet principal étant celle qui va m'occuper.

## Princes et Rois de la Maison de Bourbon.

XXIII. 2.° Robert de France, comte de Clermont en Beauvoisis, naquit en 1256, de Marguerite de Provence. Le Roi son père lui donna en apanage, au mois de mars 1268, le comté de Clermont avec les seigneuries de Creil et de Saint Just, ce qu'il confirma par son testament de 1269, c'est-à-dire 1270 nouveau stile. Il épousa, l'an 1272, Béatrix, fille unique de Jean de Bourgogne, seigneur de Charolais, et d'Agnès, dame de Bourbon. L'an 1283, Béatrix hérita de sa mère avec son mari, dans la sirerie de Bourbon. Elle mourut au château de Murat en Bourbonnais, le premier octobre 1310. Son mari lui survécut, et mourut le 7 février 1317, ou 1318 nouveau stile, l'année ne commençant alors qu'à Pâques, dans le stile des actes de ce tems-là.

XXIV. Louis I de France, duc de Bourbon par sa mère, naquit l'an 1279. Il échangea en 1327 avec le roi de France Charles le Bel, le comté de Clermont en Beauvoisis pour le comté de la Marche que ce monarque érigea de nouveau en pairie. Le roi Philippe de Valois, successeur de Charles, rendit à Louis, en 1331, le comté de Clermont, qu'il décora du même titre. Louis en mourant, vers la fin de janvier 1342, nouveau stile, âgé de 63 ans, laissa le duché de Bourbon à son fils aîné Pierre, et transmit le comté de la Marche à son troisième fils Jacques I, le seul dont je parlerai ici, parce

que c'est de lui que descendent nos Rois. On
trouvera une notice historique sur le duc Pierre
et sa postérité, dans l'histoire généalogique de
France, par le père Anselme. Cette descendance
finit par le célèbre connétable Charles III, duc
de Bourbon, tué à l'assaut de la ville de Rome
d'un coup de mousquet qu'il reçut au travers
de la cuisse le 6 mai 1527.

XXV. JACQUES I.ᵉʳ, troisième fils de Louis I.ᵉʳ
et de Marie de Hainaut, fut comte de Ponthieu,
etc. Il épousa, l'an 1335, Jeanne, fille et héritière de Hugues de Châtillon, dit de saint Paul,
et acquit par ce moyen les seigneuries de Leuse,
de Condé, de Carenci, etc. En 1342, il eut,
par le partage fait avec le duc Pierre, son frère
aîné, le comté de la Marche et la seigneurie de
Montaigut en Combrailles. Il accompagna le
roi Jean, qui n'était encore que duc de Nor-
mandie, lorsque ce prince alla faire la guerre
en Bretagne. Il se trouva depuis, en 1346, à la
bataille de Créci, où il fut blessé. Il arrêta prisonnier à Paris Charles II, roi de Navarre,
connu sous le nom de Charles le mauvais, et
reçut l'épée de connétable après la mort de
Charles d'Espagne. Il se démit de cette charge
en faveur du duc d'Athènes, le 9 mai 1356. Il
se trouva aussi à la fatale journée de Poitiers,

où , après avoir vaillamment combattu , il de-
meura prisonnier. De retour en France après le
Traité de Brétigni, il apprit que des brigands,
nommés les Tard-venus, désolaient le Lionnais
et les environs. Le comte de La Marche les
ayant attaqués avec Pierre son fils aîné , le 2
avril 1360 , près de Brignais , à trois lieues de
Lion, ils reçurent l'un et l'autre dans le combat
des blessures dont le père mourut le 6 du
même mois , et le fils quelques jours après. Sa
veuve lui survécut, et mourut en 1371.

XXVI. JEAN DE BOURBON I.ᵉʳ du nom , fils de
Jacques I.ᵉʳ épousa , par contrat passé à Paris le
28 septembre 1364, Catherine de Vendôme ,
fille de Jean VI, comte de Vendôme, et sœur
de Bouchard VII, comte de Vendôme et de
Castres. Il accompagna Bertrand du Guesclin
depuis connétable de France, lorsque cet ha-
bile général passa en Castille en 1366. Le comte
de la Marche prit plusieurs places sur le roi
Pierre le Cruel, et aida beaucoup à mettre sur
le trône Henri , bâtard de Castille, comte de
Trastamara. Catherine son épouse succéda avec
lui, au plus tard l'an 1364, à Jeanne, sa nièce,
fille de Bouchard VII, dans les comtés de Vendôme et de Castres, les seigneuries de Lézi-
gnan en Narbonnais , d'Epernon, de Bréhen-
court ,

court, du Teil, Romalart, Cailli, Claci, ét Quille-
beuf. Le nouveau comte de Vendôme se joignit
avec Jean de France, duc de Berri, pour faire la
guerre aux Anglais en Guyenne; il se trouva
au combat de Comines, à la bataille de Rosse-
becq en 1382, et au siége du château de Taïlle-
bourg en 1384. Il suivit aussi le roi Charles
VI au voyage de Gueldre en 1388, et à celui
de Languedoc en 1391. Il mourut le 11 juin
1393, laissant les comtés de La Marche et de
Castres à son fils ainé Jacques de Bourbon qui
porta le titre de roi de Sicile, et mourut en
1438, ne laissant qu'une fille. Louis de Bourbon, second fils de Jean I.<sup>er</sup>, hérita du comté
de Vendôme, et continua la postérité. Catherine de Vendôme survécut à son mari, fit son
testament le 24 septembre 1403, et mourut le
vendredi saint premier avril 1412.

XXVII. Louis de Bourbon, second fils de Jean
I.<sup>er</sup> de Bourbon et de Catherine de Vendôme,
acquit en 1406 la terre de Montdoubleau, fut
grand chambellan en 1408, et succéda, l'an
1412, à sa mère, dans le comté de Vendôme.
Il mourut à Tours le 21 decembre 1446, et
non 1447, comme son épitaphe le porte. Les
comtés de La Marche et de Castres, qui avaient
été l'apanage de Jacques de Bourbon, frère

aîné de Louis , passèrent avec sa fille dans la Maison d'Armagnac.

XXVIII. Jean II de Bourbon , et VII comme comte de Vendôme, succéda à Louis son père dans le comté de Vendôme, et fit ses premières armes sous le célèbre bâtard Jean d'Orléans comte de Dunois. Il mourut le 6 janvier 1478 nouveau stile.

XXIX. François de Bourbon , né l'an 1470 , succéda à l'âge de huit ans, l'an 1478, à son père Jean, comte de Vendôme , et représenta l'an 1484, le comte de Toulouse , au sacre du roi Charles VIII. Il devint père à dix-neuf ans, et mourut de la dissenterie à Verceil le 30 octobre 1495.

· XXX. Charles de Bourbon, premier duc de Vendôme, naquit le 2 juin 1489. Il succéda en bas âge, l'an 1495 , sous la tutelle de Marie de Luxembourg, sa mère , au comte François son père, dans les comtés de Vendôme, de Soissons, de Condé , dans la seigneurie de la Flèche, etc. Une fièvre maligne l'ayant surpris dans Amiens, le conduisit au tombeau le jour des Rameaux, 25 mars 1537 , nouveau stile , dans sa quarante-huitième année. Louis I.er de Bourbon, son second fils , est la tige de la branche des princes de Condé, que l'on trouvera ci-après.

XXXI. Antoine de Bourbon, duc de Vendôme, né le 22 avril 1518, succéda l'an 1537 à son père Charles dans le duché de Vendôme. Il recueillit un plus riche héritage l'an 1555 avec Jeanne d'Albret, son épouse, fille et unique héritière de Henri d'Albret, roi de Navarre; il devint, par cette mort, roi de la basse Navarre, c'est-à-dire de la petite portion de ce royaume, qui est en deçà des Pirénées. Ayant été blessé au siége de Rouen, il mourut à Andeli le 17 novembre 1562, dans sa quarante-cinquième année.

XXXII. Henri IV, fils d'Antoine, naquit au château de Pau en Béarn, le 13 décembre 1553. Il fut roi de Navarre après la mort de son père, et devint roi de France après celle de Henri III, le dernier des Valois. Cet excellent prince épousa Marie de Médicis, et fut assassiné par Ravaillac à Paris le 14 mai 1610, dans sa cinquante-septième année.

XXXIII. Louis XIII, roi de France et de Navarre, surnommé le Juste, naquit à Fontainebleau le jeudi 27 septembre 1601, sur les onze heures du soir. Les cérémonies de son baptême se firent au même lieu dans la cour de l'Ovale le 14 septembre 1606. Son père Henri IV étant mort le 14 mai 1610, il succéda à la couronne sous la tutelle de la reine sa mère Marie de Médicis qui fut déclarée régente au Parlement de Paris dès le lendemain 15 mai 1610. Il fut sacré et couronné à Reims par François, cardinal de Joyeuse, le dimanche 17 octobre suivant, et se fit déclarer majeur au Parlement le 2 octobre 1614. Le cardinal de Richelieu, son ministre, affermit et illustra son règne. La mort de cet homme justement célèbre, arrivée le 4 décembre 1642 fut suivie de celle de Louis XIII, le 14 mai 1643 jour de l'Ascension, sur les deux heures et un quart après midi, au château neuf de Saint Germain en Laie, après une longue maladie et un règne de trente-trois ans accomplis. Il vécut 41 ans 7 mois et 18 jours.

Son épouse fut Anne d'Autriche, infante d'Espagne, fille ainée de Philippe III, roi d'Espagne, et de Marguerite d'Autriche. Cette princesse fut mariée par procuration à Burgos en Castille le 18 octobre 1615, et le 25 novembre suivant dans l'église de Bordeaux, par l'évêque de Saintes. Elle survécut à son mari, dont elle eut les deux fils qui suivent.

XXXIV. 1.º Louis XIV, roi de France et de Navarre, surnommé le Grand, naquit au château neuf de Saint Germain en Laie le dimanche 5 septembre 1638 sur les onze heures et un quart avant midi , et fut baptisé dans la chapelle du vieux château , le 21 avril 1643. Il succéda à la couronne sous la tutelle de la reine sa mère, déclarée régente au lit de justice tenu au Parlement de Paris le 18 mai suivant, et il commença à vaincre aussitôt qu'à régner, par la victoire de Rocroi , que le duc d'Enguien remporta sur les Espagnols et les Flamands le 19 mai. Il fut déclaré majeur au Parlement de Paris le 7 septembre 1651 , et après la mort du cardinal Mazarin arrivée le 9 mars 1661 , il déclara qu'il voulait prendre en main les rênes de l'Etat , et il imprima à son siècle ce caractère de grandeur et de noblesse que la France aura de la peine à surpasser si elle parvient à effacer le souvenir de tous ses malheurs. Il perdit sa mère le 20 janvier 1666, après une longue maladie pendant laquelle il s'honora par son assiduité auprès d'elle et par les soins pénibles et humilians, s'il en est quelqu'un de ce dernier genre d'un fils envers sa mère, qu'il ne cessa de lui rendre. Du jour de la mort de cette princesse, il passa presque toute sa vie à la campagne, et mourut au château de Versailles le premier septembre 1715 dans sa soixante et dix-septième année presqu'accomplie.

Il avait épousé Marie-Thérèse d'Autriche, infante d'Espagne, fille aînée de Philippe IV, roi d'Espagne, et d'Elisabeth de France sa première femme. Cette princesse était née le 20 septembre 1638. Elle fut mariée à Fontarabie par l'évêque de Pampelune le 4 juin 1660, et la cérémonie nuptiale fut faite à Saint Jean de Luz le 9 du même mois. Elle fit son entrée solennelle à Paris le 26 août suivant. Le Roi la déclara régente de France pendant son voyage de Flandre de l'année 1667 et celui de Hollande en 1672. Elle mourut à Versailles le 30 juillet 1683 sur les trois heures après midi, fort regrettée pour sa piété, sa charité et sa bonté. Son corps fut porté avec pompe à Saint Denis le 10 août suivant, et son cœur en l'église de l'abbaye du Val-de-Grace à Paris.

2.° Philippe de France, duc d'Orléans, a formé la branche d'Orléans, dont je parlerai ci-après.

XXXV. 1.° Louis de France, fils aîné de Louis XIV, naquit au château de Fontainebleau le mardi premier novembre 1661, et fut Dauphin de Viennois. Il fut baptisé le 24 mars 1668, par le cardinal Antoine Barberin, grand-aumônier de France, dans la chapelle du vieux château de Saint Germain en Laie, et tenu sur les

fonts de baptême au nom du pape Clément IX
par le cardinal de Vendôme. Né avec un caractère excellent, il le perfectionna par la réforme
qu'il fit dans sa conduite quelques années avant
sa mort. Il avait épousé Marie-Anne de Bavière,
et mourut de la pétite verole à Meudon le 4
avril 1711 , dans sa cinquantième année et
avant son père.

2.° et 3.° Louis-Auguste et Louis-Alexandre
de Bourbon, fils de Louis XIV et de Madame
de Montespan , ont formé les Branches des
princes de Dombes et des ducs de Penthièvre,
par lesquelles je terminerai cette généalogie.

XXXVI. 1.° Louis, fils du Dauphin, naquit
à Versailles le 6 août 1682 , et fut d'abord appelé le duc de Bourgogne. Il épousa le 7 décembre 1697 Marie-Adélaïde de Savoie , fille
de Victor-Amédée II, duc de Savoie, et d'Anne-
Marie d'Orléans. Il hérita du titre de Dauphin
après la mort de son père , et perdit sa jeune
épouse le 12 février 1712. Lui-même mourut
six jours après, le 18 février de la même année, dans sa trentième année, et avant Louis
XIV , son aïeul.

2.° Philippe, duc d'Anjou, second fils de
Louis Dauphin de France , est la tige de la
première Branche cadette de la Maison de

Bourbon , qui viendra immédiatement après celle-ci.

XXXVII. Louis XV, fils aîné du duc de Bourgogne , naquit le 15 février 1710 , et succéda au Roi Louis XIV son bisaïeul le premier septembre 1715 , dans les royaumes de France et de Navarre. Philippe , petit-fils de France et duc d'Orléans , eut la régence jusqu'à la majorité du jeune prince qui fut sacré et couronné à Reims le 25 octobre 1722. Louis XV fut déclaré majeur , tenant son lit de justice au Parlement le 22 février 1723. Les conventions de son mariage avec Marie-Anne-Victoire , infante d'Espagne , fille de Philippe V , roi d'Espagne , et d'Élisabeth Farnèse , sa seconde femme , ayant été signées le 25 novembre 1721 , à Madrid , l'infante Reine en partit le 27 du même mois , arriva à Oyarson le 6 janvier 1722 , et le 9 les actes de réception de l'infante et de remise de la princesse d'Orléans qui allait épouser le prince des Asturies , ayant été signés , elle arriva à Saint Jean de Luz le même jour , et à Paris le 2 mars suivant. Mais ce double mariage n'eut pas lieu. L'infante fut renvoyée en Espagne en 1725 , et le Roi épousa la même année Marie Lesczinska , fille de Stanislas , roi de Pologne. Louis XV mourut le 10 mars 1774 , dans sa soixante-cinquième année.

XXXVIII. 1.º Louis, fils ainé de Louis XV, naquit au château de Versailles le 4 septembre 1729. Il fut dauphin de France, et épousa le 25 février 1745 Marie-Thérèse, infante d'Espagne. Cette princesse étant morte en 1746, il épousa au commencement de l'année suivante, Marie-Josèphe de Saxe, dont il eut plusieurs fils. Il mourut à Fontainebleau le 20 décembre 1765, avant son père, dans sa trente-septième année.

2.º Louise-Elisabeth de France, fille de Louis XV, épousa l'infant don Philippe. Voyez ci-après la Branche de Parme.

XXXIX. 1.º Louis XVI, fils aîné de M. le dauphin, naquit à Versailles le 23 août 1754. Il fut d'abord nommé duc de Berri, puis dauphin après la mort de son père. Il épousa le 16 mai 1770 Marie-Antoinette-Josèphe-Jeanne de Lorraine, archiduchesse d'Autriche, succéda à son aïeul en 1774, et perdit la vie le 21 janvier 1793, dans sa trente-neuvième année, par un forfait à jamais exécrable ; mais c'est ainsi que LE FILS DE SAINT LOUIS EST MONTÉ AU CIEL.

Louis-Charles, dernier dauphin de France, né le 27 mars 1785, de Louis XVI et de Marie-Antoinette d'Autriche, devint l'héritier présomptif du trône, après son frère aîné, mort à Versailles en 1789. Il aurait dû succéder à son père sous le nom de Louis XVII; il hérita du moins de ses droits légitimes , et mourut au bout de quelques mois , le 8 juin 1795, entré conséquemment dans sa ~~quatr~~ième année.

2.º Louis-Stanislas-Xavier de France , comte de Provence , est né à Versailles le 17 novembre 1755. Il a épousé le 14 mai 1771 Marie-Joséphine-Louise de Savoie , née le 2 septembre 1753 , fille de Victor-Amédée III , roi de Sardaigne , et a pris le titre de Monsieur , frère du Roi , lors de l'avénement de Louis XVI , en 1774. Après la mort de son neveu en 1795, il a pris le titre de Louis XVIII , roi de France et de Navarre. Il a perdu son épouse en 1810 sans en avoir eu d'enfans. La Nation lui a donné le nom de Louis le désiré à l'époque de la restauration en 1814 , et les vœux de tout bon français , c'est-à-dire , de la France presqu'entière , lui promettent une vie longue et heureuse.

3.º Charles-Philippe de France , comte d'Artois , né à Versailles le 9 octobre 1757 , a épousé , le 16 novembre 1773 , Marie-Thérèse de Savoie sa belle-sœur , née le 31 janvier 1756 , morte en 1805. Il porte aujourd'hui le titre de Monsieur , frère du Roi. C'est lui qui a continué la postérité , ainsi qu'on va le voir.

XL. 1.° LOUIS-ANTOINE DE FRANCE , petit-fils de France , duc d'Angoulême , né à Versailles le 6 août 1775 , de Charles-Philippe comte d'Artois , et de Marie-Thérèse de Savoie , a épousé le 10 juin 1799 Marie-Thérèse-Charlotte de France , fille de Louis XVI , née à Versailles le 19 décembre 1778.

2.° CHARLES-FERDINAND DE FRANCE , frère du précédent , duc de Berri , né à Versailles le 24 janvier 1778 , a épousé Marie-Caroline-Ferdi-nande-Louise de Bourbon , princesse de Naples , fille de l'infant don Francesco , prince hérédi-taire , ainsi qu'on le verra ci-après. Son contrat de mariage a été signé à Naples le 15 avril 1816 , par M. le comte de Blacas , au nom de ce prince , et M. le marquis de Circello au nom de la prin-cesse. Les cérémonies de l'église ont été célé-brées le 24 avril suivant par le cardinal arche-vêque de Naples. Elle a débarqué le 21 mai à Marseille , et a honoré la ville d'Avignon de sa présence le 4 juin.

# PREMIÈRE BRANCHE CADETTE DE LA MAISON DE BOURBON.

## *Branche d'Espagne.*

(Les numéros des générations de la Branche aînée seront conservés dans cette généalogie et dans les suivantes. Le premier ne sera qu'un renvoi à la Branche aînée).

XXXV. Louis, dauphin de France.

XXXVI. Philippe, duc d'Anjou, second fils de Louis, dauphin de France et de Marie-Anne de Bavière, naquit à Versailles le 19 décembre 1683. Il fut appelé à la couronne d'Espagne le 2 octobre 1700, par le testament de Charles II qui rappelle dans cet acte les droits de Marie-Thérèse d'Autriche, aïeule de Philippe. C'est en vertu de ce testament et des droits héréditaires dont il y est fait mention, que ce prince fut déclaré roi d'Espagne à Fontainebleau le 16 novembre 1700, et le 24 du même mois à Madrid, sous le nom de Philippe V. Il épousa Elisabeth Farnèse, née le 25 octobre 1692. Leur mariage fut célébré à Madrid le 24 décembre 1714. Il mourut le 9 juillet 1746.

XXXVII. 1.° CHARLES III, né le 20 janvier 1716, roi des deux Siciles le 15 mai 1734, puis roi d'Espagne et des Indes le 10 août 1759, marié le 19 juin 1738 à Marie-Amélie de Saxe, veuf le 27 septembre 1760. Il est mort le 14 décembre 1788.

2.° DON PHILIPPE, infant d'Espagne et duc de Parme, a formé la Branche de Parme que l'on trouvera ci-après.

XXXVIII. 1.° CHARLES-ANTOINE-PASCAL-FRAN-ÇOIS-XAVIER-JEAN-NÉPOMUCÈNE-JOSEPH-SÉRAPHIN-DIÈGUE, né le 11 novembre 1748, fut d'abord roi des deux Siciles, puis roi d'Espagne sous le nom de Charles IV, en 1788. Il a été marié le 4 septembre 1765 à Louis-Marie-Thérèse de Parme, qui devint par-là princesse des Asturies, puis reine d'Espagne, titre qu'elle porte encore aujourd'hui à Rome où elle est avec son mari. Elle est née le 9 décembre 1751. Charles IV a abdiqué en faveur de son fils Ferdinand VII, le 19 mars 1808.

2°. FERDINAND IV, roi des deux Siciles, est le chef de la Branche de Naples dont je parlerai immédiatement après celle-ci.

XXXIX. 1.° FERDINAND-MARIE-FRANÇOIS DE PAULE, etc. infant d'Espagne, troisième fils du prince des Asturies depuis roi Charles IV, est né le 13 octobre 1784. Ayant survécu à ses deux frères aînés, il est devenu roi d'Espagne et des Indes le 19 mars 1808, par l'abdication de Charles IV son père, sous le nom de Ferdinand VII. Il est veuf depuis le 21 mai 1806, de Marie-Antoinette des deux Siciles, fille de Ferdinand IV et sa cousine germaine. Il s'est remarié en 1816 avec Isabelle-Marie-Francisque-d'Assise, infante de Portugal, née le 19 mai 1797, fille de Jean-Marie-Joseph-Louis, prince-régent du Brésil, et de Charlotte-Joachime, infante d'Espagne. Cette princesse est conséquemment sa nièce.

2.° CHARLES-MARIE-ISIDORE, infant d'Espagne, né le 29 mars 1788, frère du roi.

3.° FRANÇOIS-DE-PAULE-ANTOINE-MARIE, infant d'Espagne, né le 10 mars 1794, son frère.

4.° CHARLOTTE-JOACHIME, infante d'Espagne, sa sœur, née le 25 avril 1775, mariée le 9 janvier 1785 à Jean-Marie-Joseph-Louis, prince-régent du Portugal, né le 13 mai 1767, dont elle a deux fils et cinq filles.

5.° MARIE-LOUISE-JOSÉPHINE, infante d'Espagne, née le 6 juillet 1782, sa sœur, veuve le 27 mai 1803, de Louis duc de Parme, roi d'Etrurie, dont elle a un fils et une fille, ainsi qu'on le verra ci-après à l'article de la Branche de Parme.

6.° MARIE-ISABELLE, née le 6 juillet 1789 , troisième sœur du roi Ferdinand VII, a épousé François-Janvier-Joseph, prince des deux Siciles ou l'infant don Francesco, ainsi qu'on le verra dans l'article suivant, de la Branche de Naples.

## PREMIÉRE BRANCHE DÉRIVÉE DE LA BRANCHE D'ESPAGNE.

### *Branche de Naples et des Deux Siciles.*

XXXVII. CHARLES III, roi d'Espagne, dont je viens de parler, laissa la couronne de Naples à son troisième fils Ferdinand IV, en montant sur le trône d'Espagne le 5 octobre 1759.

XXXVIII. FERDINAND IV, infant et fils du roi d'Espagne Charles III, est né le 12 janvier 1751. Il est devenu roi de Naples et des deux Siciles par le choix de son père le 5 octobre 1759, et avait épousé le 7 avril 1768 Marie-Charlotte-Louise de Lorraine, archiduchesse d'Autriche, sœur de l'empereur Joseph II et tante de l'empereur actuel François II. Il en est devenu veuf le 8 septembre 1814.

XXXIX. 1.° FRANÇOIS-JANVIER-JOSEPH, prince héréditaire de Naples et des deux Siciles, né le 19 août 1777, veuf le 15 novembre 1801 de

Marie-Clémentine, archiduchesse d'Autriche, fille de Léopold II, empereur d'Autriche, née le 24 avril 1777, remarié le 6 octobre 1802 à l'infante Marie-Isabelle, sœur du roi d'Espagne Ferdinand VII, née le 6 juillet 1789.

2.° Léopold-Jean, né le 2 juillet 1790, appelé le prince Léopold. Il est fiancé avec l'archiduchesse Marie-Clémentine-Françoise, fille de l'empereur François II.

3.° Albert-Philippe, né le 2 mai 1792.

4.° Marie-Thérèse, princesse de Naples et de Sicile, née le 6 juin 1772.

5.° Marie-Anne-Josephe-Antoinette-Françoise-Gaetane-Thérèse-Amélie-Clémentine, princesse de Naples et de Sicile, née le 23 novembre 1775.

6.° Marie-Christine, princesse de Naples et de Sicile, née le 17 janvier 1779.

7.° Marie-Amélie, princesse de Naples et de Sicile, née le 26 avril 1782.

8.° Marie-Antoinette, née le 14 décembre 1784, a épousé Ferdinand, prince des Asturies, fils aîné du roi d'Espagne Charles IV, qui l'a perdue le 21 mai 1806.

9.° Marie-Elisabeth, née le 2 décembre 1793.

XL. Marie-Caroline-Ferdinande-Louise, fille du premier lit du prince héréditaire des deux

Siciles,

Siciles, née le 5 novembre 1798, a épousé, en 1816, S. A. R. Mgr. le duc de Berri, ainsi qu'on l'a vu à l'article de ce prince. C'est pour avoir l'honneur de lui présenter ce Tableau généalogique, le 4 juin 1816 à Avignon lors de son passage dans cette ville, que l'auteur l'a extrait d'un ouvrage plus étendu qu'il s'efforcera de rendre digne de lui être offert un jour si elle veut bien l'agréer.

2.º LÉOPOLD-JEAN-JOSEPH, fils du second lit du prince héréditaire, né le 2 juillet 1810.

3.º LOUISE-CAROLINE, sa sœur, née le 24 octobre 1804.

4.º MARIE-CHRISTINE, sa sœur, née le 27 avril 1806.

## SECONDE BRANCHE DÉRIVÉE DE LA BRANCHE D'ESPAGNE.

## Branche de Parme et d'Etrurie.

XXXVI. PHILIPPE V, roi d'Espagne.

XXXVII. PHILIPPE, infant d'Espagne, né en 1720, du roi Philippe V et d'Elizabeth Farnèze, obtint par la paix d'Aix-la-Chapelle en 1748, les duchés de Parme, de Plaisance et de Guastalla, qui lui furent cédés par la reine de Hongrie. Il épousa Louise-Elisabeth de France,

fille de Louis XV, qui mourut six ans avant lui.
Il fesait le bonheur de son peuple, lorsqu'il lui
fut enlevé par la petite vérole en 1765.

XXXVIII. Don Ferdinand, infant d'Espagne,
né le 20 janvier 1751, duc de Parme, Plaisance et Guastalla le 18 janvier 1765, jour de la
mort de son père, fut marié le 27 juin 1769 à
Marie-Amélie-Josèphe-Jeanne-Antoinette de Lorraine, archiduchesse d'Autriche, sœur de l'empereur Joseph II, né le 26 février 1746. Par le
traité de Lunéville de 1801, le duché de Tos-
cane fut assuré à son fils Louis I, et par un
traité conclu entre la France et l'Espagne le
21 mars 1801, il fut convenu qu'à la mort du
duc Ferdinand, ces duchés seraient réunis à
la France. Cet événement arriva par la mort
de ce prince, le 9 octobre 1802.

XXXIX. 1.° Louis, prince de Parme, né le 5
juillet 1773, était duc de Parme par sa nais-
sance et roi d'Etrurie par le traité de Lunéville
du 9 février 1801. Il prit ce titre à la mort de
son père le 9 octobre 1802, et n'en jouit guère
plus de sept mois, étant mort le 27 mai 1803.
Sa veuve Marie-Louise-Josephine, infante d'Espagne, née le 6 juillet 1782, lui a survécu, et
porte le titre de reine d'Etrurie.

2.° Philippe-Marie-Louis, son frère, né le
22 mars 1783.

3.º CAROLINE-MARIE-THÉRÈSE, sa sœur, née le 20 novembre 1770.

4.º MARIE - ANTOINETTE - JOSEPHINE - ANNE - LOUISE - VINCENZE - MARGUERITE - CATHERINE , sa sœur, née le 28 novembre 1774.

5.º CHARLOTTE - MARIE - FERDINANDE-THÉRÈSE - ANNE-JOSEPHE-JEANNE-LOUISE-VINCENZE-ROSALIE , sa troisième sœur, née le premier septembre 1777.

XL. 1.º CHARLES-LOUIS , infant d'Espagne , né le 29 décembre 1799, prit le titre de roi d'Etrurie sous la régence de sa mère le 27 mai 1803. Il n'avait que trois ans et demi. Les Etats de Parme lui furent enlevés par un traité du 24 mai 1808 , et le jeune roi Charles-Louis est resté sans apanage.

2.º MARIE - LOUISE - CHARLOTTE, infante d'Espagne , sa sœur, est née le 2 octobre 1802.

───────

## SECONDE BRANCHE CADETTE DE LA MAISON DE BOURBON.

### *Branche d'Orléans.*

XXXIII. Louis XIII, roi de France.

XXXIV. Philippe de France, duc d'Orléans, frère unique de Louis XIV, naquit le 21 septembre 1640, et porta le titre de duc d'Anjou jusqu'en 1661, qu'il prit celui de duc d'Orléans après la mort de son oncle Gaston, frère de Louis XIII. Il épousa en premières noces Henriette, sœur de Charles II, roi d'Angleterre. Après la mort de cette princesse si bien louée par Bossuet, il se remaria avec Charlotte - Elizabeth de Bavière, mère du régent, et mourut d'apoplexie à Saint-Cloud, le 9 juin 1701.

XXXV. Philippe, petit-fils de France, né le 2 août 1674, fut nommé duc de Chartres jusqu'à la mort de son père en 1701, qu'il prit le titre de duc d'Orléans. Il avait épousé le 18 février 1692 Françoise-Marie de Bourbon, dite Mademoiselle de Blois. Il fut régent de France, et mourut subitement à Versailles le 2 Décembre 1723.

XXXVI. Louis, duc d'Orléans, né à Versailles le 4 août 1703, premier prince du sang, épousa le 18 juin 1724 Auguste-Marie-Jeanne, princesse de Bade, qui mourut le 8 août 1726. Son mari mourut lui-même à l'abbaye de Sainte Géneviève, le 4 février 1752.

XXXVII. Louis Philippe d'Orléans, duc de Chartres, né à Versailles le 12 mai 1725, fut marié le 17 décembre 1743 à Louise Henriette de Bourbon-Conti. Il prit le titre de duc d'Orléans en 1752 après la mort de son père, perdit sa femme le 9 février 1759, et mourut lui-même le 18 novembre 1785.

XXXVIII. 1.° Louis-Philippe-Joseph d'Orléans, né à Saint-Cloud le 13 avril 1747, porta d'abord le titre de duc de Valois, et prit celui de duc de Chartres en 1752, quand son père le quitta. Il épousa le 5 avril 1769 Louise-Marie-Adélaïde de Bourbon, fille de M. le duc de Penthièvre, né le 13 mars 1753. Il prit le titre de duc d'Orléans en 1785 après la mort de son père, et lui-même mourut le 6 novembre 1793. Mme. la duchesse d'Orléans lui a survécu pour le bonheur de tout ce qui l'entoure.

2.° Louise-Marie-Thérèse-Batilde, d'Orléans, née à Saint-Cloud le 9 juillet 1750, est Mme. la duchesse de Bourbon. *Voyez là Branche de Condé, qui suit immédiatement celle-ci.*

XXXIX. 1.º Louis-Philippe d'Orléans, né à Paris le 6 octobre 1773, porta le titre de duc de Valois jusqu'en 1785, et celui de duc de Chartres jusqu'en 1793, qu'il prit celui de duc d'Orléans après la mort de son père. Il a épousé le 25 novembre 1809 Marie-Amélie, fille de Ferdinand IV, roi des deux Siciles, née le 26 avril 1782.

2.º Louise-Marie-Adelaïde-Eugénie, sa sœur, née le 23 août 1777.

XL. 1.º Ferdinand-Philippe-Louis-Charles-Henri-Ros. d'Orléans, duc de Chartres, né à Palerme le 3 septembre 1810.

2.º Louis-Charles-Philippe-Raphael d'Orléans, duc de Nemours, né à Paris le 25 octobre 1814.

3.º Louise-Marie-Thérèse-Charlotte-Isabelle d'Orléans, appelée Mademoiselle, née à Palerme le 3 avril 1812.

4.º Marie-Christine-Caroline-Adélaïde-Françoise-Léopoldine, née à Palerme le 12 avril 1813,

# TROISIÉME BRANCHE CADETTE DE LA MAISON DE BOURBON.

## Branche de Condé.

XXX. Charles de Bourbon, duc de Vendôme, mort en 1537.

XXXI Louis I de Bourbon, prince de Condé, pair de France, Marquis de Conti, comte de Soissons et gouverneur de Picardie, né le 7 mai 1530, était le septième fils de Charles, et fut la tige de cete branche. Il était frère d'Antoine roi de Navarre, et fut tué à la bataille de Jarnac le 13 mars 1569. Il avait épousé 1.º le 22 juin 1551, Eléonore de Roye; 2.º après la mort d'Eléonore le 23 juillet 1564, il s'était remarié le 8 septembre 1565 avec Françoise d'Orléans-Longueville qui lui survécut et mourut le 11 juin 1601.

XXXII. Henri I de Bourbon, prince de Condé, duc d'Enguien, né le 29 decembre 1552, mourut de poison à Saint Jean d'Angeli le 5 mars 1588. Il avait épousé 1.º en juillet 1572, Marie de Clèves, marquise d'Isle, morte en couches le 30 octobre 1574; 2.º le 16 mars 1586 Charlotte

Catherine de la Tremoille, qui lui survécut, et mourut le 28 août 1629.

XXXIII. Henri II de Bourbon, prince de Condé, premier prince de sang, pair et grand-maître de France, duc d'Enguien, né posthume le 1 septembre 1588, à Saint Jean d'Angeli, épousa le 3 mars 1609, Charlotte-Marguerite de Montmorenci, et mourut à Paris le 26 décembre 1646. Sa veuve lui survécut, et mourut le 2 décembre 1650.

XXXIV. 1.° Louis II de Bourbon, premier prince du sang né à Paris le 8 septembre 1621, gagna la bataille de Rocroi en 1643, sous le nom de duc d'Enguien, et fut le premier général de son siècle. Il prit le titre de prince de Condé après la mort de son père en 1650, et continua de s'illustrer par son courage et ses victoires. Il avait épousé le 11 février 1641 Claire-Clémence de Maillé, marquise de Brézé. Il mourut à Fontainebleau le 11 décembre 1686. Sa veuve lui survécut et mourut le 16 avril 1694.

2.° Armand de Bourbon forma branche de Conti qui suit immédiatement après celle-ci.

XXXV. Henri-Jules de Bourbon, prince de Condé, pair et grand-maître de France, chevalier des ordres du Roi, naquit à Paris le 29 juillet 1643. Il épousa Anne de Bavière , princesse palatine, le 11 décembre 1663, et mourut le 1 avril 1709. Sa veuve lui survécut et mourut le 23 février 1723.

XXXVI. Louis , duc de Bourbon-Condé , prince du sang, pair et grand-maître de France, chevalier des ordres du Roi et gouverneur de Bourgogne et de Bresse, naquit le 11 octobre 1668. Il épousa le 24 juillet 1685 Louise-Françoise légitimée de France , fille du roi Louis XIV, et mourut subitement à Paris le 4 mars 1710.

XXXVII. Louis-Henri, duc de Bourbon et d'Enguien, pair et grand-maître de France , chevalier des ordres du Roi, gouverneur de Bourgogne, naquit à Versailles le 18 août 1692. Il épousa le 9 juillet 1713 Marie-Anne de Bourbon-Conti , morte sans postérité le 21 mars 1720. Il fut premier ministre d'Etat après la mort du duc d'Orléans régent, et mourut au château de Chantilli le 27 janvier 1740. Il avait épousé en secondes noces par procureur à Rothembourg sur la Fulde en Allemagne en 1728, le 27 juin , Charlotte de Hesse-Rhinfels , née le 18 août 1714.

XXXVIII. Louis-Joseph de Bourbon, prince de Condé, né à Paris le 9 août 1736, épousa le 3 mars 1753 Charlotte-Godefride-Elizabeth

de Rohan-Soubise, qu'il perdit le 4 mars 1760.
Il a épousé en secondes noces la princesse
douairière Catherine de Monaco. Il a été
nommé colonel-général de l'infanterie en 1780.

XXXIX. 1.º Louis-Henri-Joseph de Bourbon-
Condé, duc de Bourbon, fils de M. le prince
de Condé, est né à Paris le 13 avril 1756. Il a
épousé le 25 avril 1770 Louise-Marie-Thérèse-
Bathilde d'Orléans, née à Saint-Cloud le 9 juillet
1750.

2.º Louise-Adelaïde de Bourbon, appelée
Madame la princesse Louise de Condé, fille
du prince de Condé, est née à Paris le 5
octobre 1757. Elle a été nommée Abbesse de
Remiremont le 22 août 1786.

XL. Louis-Antoine-Henri de Bourbon, duc
d'Enguien, né à Chantilli le 2 août 1772, a
été l'une des victimes de notre funeste révo-
lution le 21 mars 1804.

## Branche de Conti, dérivée de celle de Condé.

XXXIII. Henri II de Bourbon, prince de
Condé.

XXXIV. Armand de Bourbon, prince de
Conti, second fils de Henri II, épousa Anne-

Marie-Martinozzi, nièce du cardinal Mazarin, et mourut le 21 février 1666. Sa veuve lui survécut et mourut le 4 fevrier 1572.

XXXV. François-Louis de Bourbon, prince de la Roche-sur-Yon, puis prince de Conti, lieutenant-général des armées du Roi, chevalier de ses ordres, né le 30 avril 1664, épousa le 29 juin 1688 Marie-Thérèse de Bourbon, sa cousine, fille de Henri-Jules de Bourbon, prince de Condé, et mourut le 22 février 1709.

XXXVI. Louis-Armand de Bourbon, prince de Conti, chevalier des ordres du Roi, gouverneur du haut et bas Poitou, lieutenant-général des armées du Roi, né le 10 novembre 1695, épousa le 9 juillet 1713 Louise-Elizabeth de Bourbon, fille de Louis, duc de Bourbon. Il mourut en son hôtel à Paris, d'une fluxion de poitrine en huit jours de maladie, le 4 mai 1727.

XXXVII. Louis-François de Bourbon, prince de Conti, duc de Mercœur, pair de France, naquit à Paris, le 13 août 1717, et porta d'abord le titre de comte de La Marche. Ayant été pourvu après la mort de son père, du gouvernement du haut et bas Poitou, il en prêta le serment de fidélité entre les mains du Roi à Versailles le 30 juin 1727. Il épousa le 22 janvier 1732

Louise-Diane d'Orléans, demoiselle de Chartres, dernière fille du duc d'Orléans, régent. Il la perdit le 26 septembre 1736, et fut grand-prieur de France en 1749. Il se signala dans la guerre de 1741, surtout par le gain de la bataille de Coni, et mourut à Paris le 2 août 1776.

XXXVIII. Louis-François-Joseph de Bourbon-Conti, né à Paris le premier septembre 1734, porta le titre de comte de La Marche jusqu'à la mort de son père. Il épousa le 7 février 1759 Fortunée-Marie d'Est, née le 24 novembre 1731, et tous deux sont morts sans enfans.

## 1.° *Branche des Princes de Dombes.*

XXXIV. Louis XIV, roi de France.

XXXV. Louis-Auguste de Bourbon, prince de Dombes, duc du Maine et d'Aumale, comte d'Eu, pair et grand-maître de l'artillerie de France, lieutenant-général des armées du Roi, chevalier de ses ordres, colonel général des Suisses et Grisons, né le 31 mai 1670, fils naturel de Louis XIV et de Madame de Montespan, fut légitimé par lettres du 19 décembre 1673. Il épousa le 19 mars 1692 Louise-Bénédictine de Bourbon, fille de Henri-Jules de Bourbon, prince de Condé, et d'Anne de Bavière, et mourut le 14 mai 1736. Sa veuve lui survécut jusqu'en 1753.

XXXVI. 1.° Louis-Auguste de Bourbon, prince de Dombes, né le 4 mars 1700, fut pourvu en survivance de son père de la charge de colonel général des Suisses et Grisons, par lettres du 16 mai 1710, et du gouvernement de Languedoc. Il est mort sans avoir été marié, en 1755, à 55 ans.

2.° Louis-Charles de Bourbon, comte d'Eu, né le 15 octobre 1701, fut pourvu en mai 1710 de la charge de grand-maître de l'artillerie, en survivance du duc du Maine son père, et mourut sans avoir été marié, en 1775, à 74 ans.

## 2.° *Branche de Penthièvre.*

XXXIV. Louis XIV, roi de France.

XXXV. Louis-Alexandre de Bourbon, comte de Toulouse, duc de Damville, pair, amiral et grand-veneur de France, gouverneur de Bretagne, chevalier des ordres du Roi, naquit le 6 juin 1678 de Louis XIV et de Madame de Montespan, et fut légitimé. Il épousa le 2 février 1723 Marie-Victoire-Sophie de Noailles, née le 6 mai 1688, et mourut le premier décembre 1737. Sa veuve lui survécut.

XXXVI. Louis-Jean-Marie de Bourbon, duc de Penthièvre, né à Rambouillet le 16 novembre 1725, épousa le 29 décembre 1744 Marie-Thérèse-Félicité d'Est, qu'il perdit le 30 avril 1754. Il est mort quelques années après son fils.

XXXVII. 1.° Louis - Alexandre - Joseph - Stanislas de Bourbon, prince de Lamballe, naquit le 6 septembre 1747. Il épousa le 17 janvier 1767 Marie-Thérèse-Louise de Savoie-Carignan, née le 8 septembre 1749, et mourut le 6 mai 1768. Sa veuve lui survécut. C'est cette princesse de

Lamballe qui mourut d'une manière si horrible le 3 septembre 1792.

2.º Louise-Marie-Adélaïde de Bourbon, née le 23 mai 1753, avait épousé le 5 avril 1769 Louis-Philippe-Joseph d'Orléans, duc de Chartres, dont elle est restée veuve le 6 novembre 1793. C'est aujourd'hui Madame la duchesse douairière d'Orléans. Voyez plus haut cette branche.

# TABLE.